Guido van Genechten

Troisième édition mai 2014
© 2010 Éditions Mijade
18, rue de l'Ouvrage
B-5000 Namur

Titre original: Klein wit visje
© 2004 Uitgeverij Clavis
Amsterdam-Hasselt

ISBN 978-2-87142-700-1
D/2010/3712/04
Imprimé en Belgique

Petit Poisson blanc

Petit train

Petit Poisson blanc pleure.
Il a perdu sa maman.

Est-ce la maman de Petit Poisson blanc ?
Non, c'est un crabe, et il est rouge.

Est-ce la maman de Petit Poisson blanc ?
Non, c'est une étoile de mer, et elle est orange.

Est-ce la maman de Petit Poisson blanc ?
Eh bien non, c'est un escargot, et il est jaune.

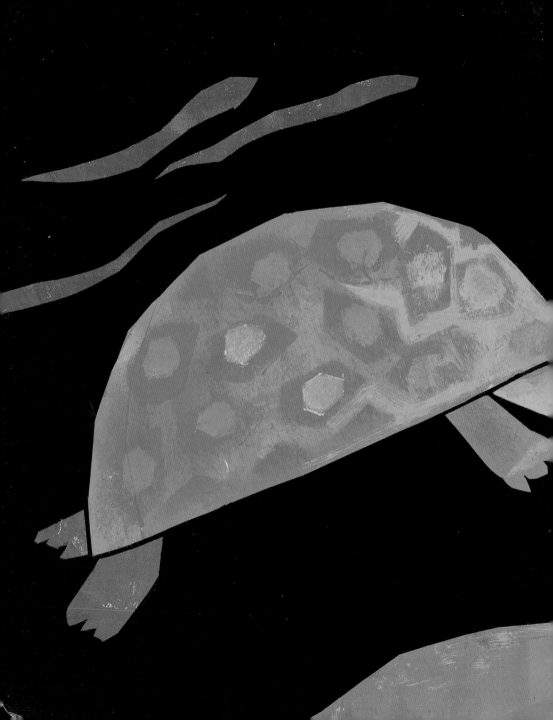

Et celle-ci ?
Est-ce la maman de Petit Poisson blanc ?
Non, c'est une tortue, et elle est verte.

Voici peut-être la maman de Petit Poisson blanc?
Mais non, voyons, c'est une baleine,
et elle est bleue.

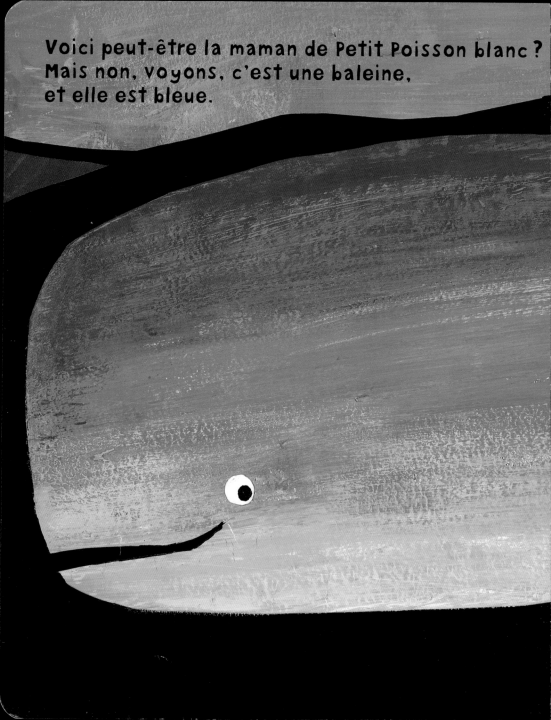

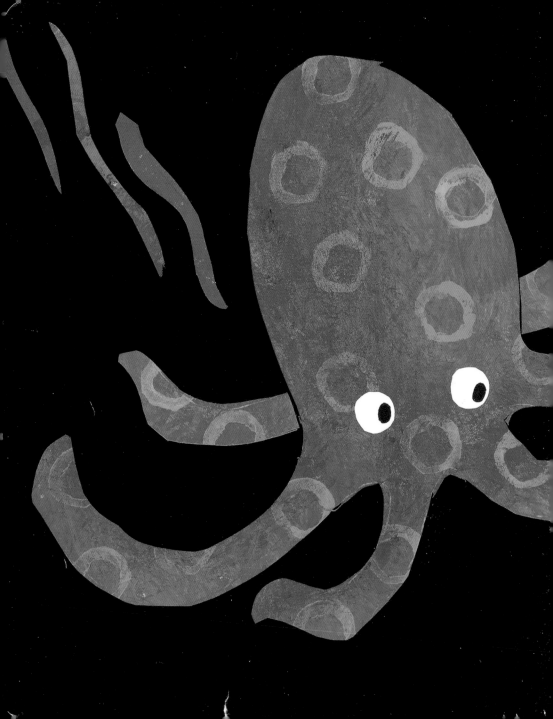

Et celle-ci ?
Ce n'est pas
non plus
la maman
de Petit
Poisson blanc ?
Bien sûr
que non,
c'est une
pieuvre,
et elle est mauve.

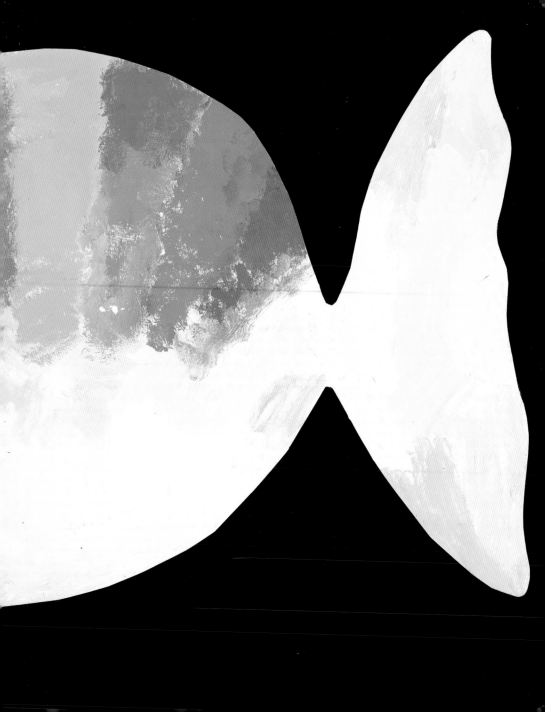